KB174361

혜성 시집

들켰으면

지은이 혜성

1965년 경북 안동에서 태어났다. 경북대학교 국어국문학과를 졸업했고, 2008년 창조문예를 통해 등단했다. 1993년 미국으로 이주하여, 뉴욕 Alliance Theological Seminary 신학석사와 New York Theological Seminary 목회학박사를 받았다. 현재 미동부한인문인협회 회원이며, 교회연합단체인 Church Support Org. 디렉터로 활동하고 있다. 첫 시집으로 『길』이 있다.

들켰으면

©혜성, 2017

1판 1쇄 인쇄_2017년 12월 20일
1판 1쇄 발행_2017년 12월 30일

지은이_혜성
펴낸이_양정섭

펴낸곳_작가와비평
　　　　등록_제2010-000013호
　　　　블로그_http://wekorea.tistory.com
　　　　이메일_mykorea01@naver.com

공급처_(주)글로벌콘텐츠출판그룹
　　　　대표_홍정표　**편집디자인**_김미미　**기획·마케팅**_노경민
　　　　주소_서울특별시 강동구 천중로 196 정일빌딩 401호
　　　　전화_02-488-3280　**팩스**_02-488-3281
　　　　홈페이지_http://www.gcbook.co.kr

값 10,000원
ISBN 979-11-5592-212-5 03810

작 가 와 비 평
시   선

들켰으면

혜성 시집

작가와비평

　　딸이 초등학교 글짓기 대회에서 장원을 받던 날부터, 어머니는 내가 노벨문학상을 받도록 기도하셨다. 허황한 어머니의 소원을 향해, 나는 그 상에 부적격자임을 누누이 피력했다. 아쉬움으로 꿈을 접으신 어머니는 어느 날부터 내가 다윗의 시편 같은 시를 쓰도록 기도하시기 시작했다. 나는 알고 있다. 그것에도 분명 부적격자임을…. 그러나 은근히 어머니의 기도가 이루어진다면 더 없이 감사하리라 생각한다. 그래서 어머니의 고집스런 기도를 막지 않는다. 오늘도 영혼의 울림을 줄 수 있는 시인이 되라고 딸을 위해 두 손 모으시는 나의 어머니에게 이 시집을 바친다.

뉴욕에서
혜성

차
례

∨

시인의 말　5

3부

4부

1
부

어느 마을에

어느 마을에
"너 참 수고했다"라며
머리 쓰다듬어 주는 사람이
살고 있으면 좋겠다

내 고단한 발을 씻겨주고
헝클어진 머리를 빗겨주며
부르튼 손등을 보듬어 주는 사람

내가 지금까지 산 것이
"헛된 것이 아니었어"라며
내 등을 도닥거려 주는
그런 사람이 살고 있는 마을이
이 세상 어디엔가 있었으면 좋겠다

절친

예약 없이
불쑥
만날 수 있는 친구

바쁘면
만나지 않아도 되는 친구

내가 갈 수 없다고 하면
자기가 오겠다고 해도
무지 바쁘면
오지 말라고 해도 되는 친구

서로의 의견을
눈치 보지 않고
실컷 주장할 수 있는 친구

14

설전 끝에는
'무슨 뜻인지 알아'라는
눈빛을 나누는 친구

그 친구가
먼저 죽으면
내가 조사를 읽고 싶은 친구

내가
먼저 죽으면
나를 추억하는 조사를
읽어 주었으면 하는 친구

뽀미 엄마

뽀미 엄마가
강아지 뽀미를 안고
자식자랑이 늘어졌다

사람은 배신해도
개는 배신하지 않는다고

인정머리 없는 사람보다는
개가 의리 있다고

밖에서 돌아오면
달려와 반기는 것은 개뿐이라고

속 썩이지 않고
사랑받을 짓만 골라서 한다고

뽀미 엄마의 말을 듣고 나니
오늘따라 뽀미가
더 영리하고 귀티나 보였다

뽀미를 잡고
인간답게 살아보자고 약속하는
뽀미 엄마에게
나는 개보다 못한 사람을 대표해
뭔가 사과의 말을 전해야 할 것만 같았다

인간과 기계

인간은 기계가 되어 가고
기계는 인간이 되어 가는 세상

오래 열면 다칠세라
주어진 일만 하고
마음의 문
탁탁 닫아버리는
날카로운 인간

주어진 일만 하다가
이제는
고독한 인간을 위로하려고
눈물과 웃음의 작동법을
익히기 시작한 기계

배신 없이 친구가 되어 주고

성실한 동료가 되어 줄
착한 기계를 만드는 인간

실수 없는 임무수행으로
인간의 신뢰를 받으며
믿음직스러워지는 기계

인간이 기계를 작동하다가
기계가 인간을 작동하게 될 세상

들켰으면

거리에 버려진 쓰레기를 주울 때
혹 건너편 찻집에서
수다를 떨던 누군가에게
나의 선행이 들켰으면

길을 잃어 당황하는 할머니를
집까지 모셔드릴 때
노모를 기다리던 가족에게
나의 친절함이 들켰으면

이른 아침
가난한 옆 집 현관에
따끈한 빵 꾸러미를 놓고 돌아설 때
새벽일을 나서던 이웃에게
나의 수고로운 사랑이 들켰으면

오른손이 하는 일이
왼손에게 들켰으면

초대

멋스런 가든파티에
초대 받은 그녀는
파티를 하는 동안
나를 생각했다고 한다

내가 함께 있었으면
분명히 감탄사를 연발하며
즐거워했을 거라고

은빛 호수를 따라
정원을 걸으며
인생을 얘기하고

오색 꽃들 남실거리는
창가에 앉아
사랑을 노래하며

기뻐했을 거라고

노역을 하며 살아가는
그녀에게는
모처럼의 외출이었는데
그렇게 소중한 시간에
나를 생각해 준 것이다

어떤 화려한 연회장보다
아름답고 따뜻한
그녀의 가슴에
나를 초대해 준 것이다

시골장터

시골장터가 열리는 날
장터 한 귀퉁이에
조그만 좌판 하나를 펴야겠다

좌판 위로
내 가슴 보따리를 풀어
서러움과 아픔은 이천 원에
분노와 배신은 삼천 원에
헐값에 내놓아 봐야겠다

어떤 착한 사람이
모두 사준다면
절망이란 놈도
떨이로 팔아버려야겠다

도로 표지판

생각이 감사한 쪽으로 가면
고마운 얼굴들이 줄을 서고
생각이 불평스러운 쪽으로 가면
원망스러운 일들이 줄을 선다

생각이 기쁜 쪽으로 가면
자꾸 미소를 짓게 되고
생각이 슬픈 쪽으로 가면
서러운 신세에 한숨짓게 된다

마음은
생각이 가리키는 쪽으로 달린다

그러기에 우리는
마음의 길목마다
'좋은 생각'이란 도로 표지판을
촘촘히 걸어 두어야 한다

정기 휴일

이런 토요일엔
빈둥거리고 싶다

물마를 날 없어
퉁퉁 부은 손도
용량초가의 회전을
강요받던 머리도
작업을 멈추고 쉬어야겠다

'정기 휴일'이라는
팻말을 내걸고
싱크대에 쌓인 그릇들도
쾨쾨한 빨래들도
방구석에 밟히는 먼지들도
슬쩍 외면해야겠다

잠옷 바람으로
화장기 없는 얼굴로
배달 온 짜장면을 후루룩 거리고
오징어를 질그렁 씹으면서
소파에 누워 영화를 봐야겠다

이런 토요일엔
허름한 노을이 내릴 때까지
그동안 수고한 나에게
푹 쉴 것을 허락하며
'정기 휴일'이란 팻말을 내걸고 싶다

막아 주세요

누군가의 현관문을
격분하여 두드릴 때
제발 그 사람이 없어서
문이 열리지 않게 해 주세요

한참을 기다리다
돌아 설 때 쯤
헐떡거리던 분노도
조금 잦아들게 해 주세요

누군가의 전화번호를
격노하여 누를 때
제발 그 사람이 바빠서
전화를 받지 않게 해 주세요

몇 번 걸다가

포기할 때 쯤
쏟아 놓으려던 폭언도
주섬주섬 거둬들이게 해 주세요

겸손

질투 없이
함께 피고 지는
들꽃처럼

소유 없이
비상하는
철새처럼

낮은 곳으로
머리 두는
냇물처럼

몰래 카메라

일상을 취재하는
카메라 앞에서는

겸손한 척
교양 있는 척
사랑이 많은 척

나긋한 말투와
다소곳한 몸짓으로
최상품 광고를 찍어 보낸다

취재진이 돌아가고
한 낮의 조명이 꺼지면

나는 하루 종일
내 마음

구석구석을 촬영해 둔
몰래 카메라를 돌려 본다

교만하고
무례하고
이기적인
내 마음의 취재 영상이
줄지어 흐르고

마지막 화면에는
'가식'이라는 굵은 자막이
씁쓸히 박힌다

단점

자신의 장점을 내어 놓고
내일을 위한
조언을 구하는 것은 쉬울 수 있다
아픔을 털어 놓고
위로 받는 것도 쉬울 수 있다

하지만
자신의 단점을 내어 놓고
거침없이 진단해 보라고
친구에게 수술용 매스를
맡기는 것은 쉽지 않을 것이다

단점도 장점처럼
아프지 않게 말해 줄 친구가
자신의 얼굴에 떠 있는 미소뿐만 아니라
목젖을 적시며 오르락 거리는 눈물까지
이미 본 것을 알 때만 가능한 것이다

친구

어린 시절
친구와 놀다가
울고 불며 싸울 일이 생겼다
실컷 싸우고 나서
금방 아무 일 없었다는 듯이
다시 깔깔대며 놀았다

어른이 되어서
친구 만들기가 어렵다던데
속 털어 놓을 수 있는 친구를 만났다
그리고 어릴 때처럼
잘 놀다가
울고 불며 싸울 일이 생겼다

그러나
실컷 싸우지 못했고

애써 아무 일 없었다는 듯이

다시 놀았지만

더 이상 친구는 아니었다

바퀴

내 마음이
커다란 바퀴였으면 좋겠다
작은 장애물쯤은
훌쩍 뛰어 넘을 수 있는

내 마음이
두툼한 바퀴였으면 좋겠다
질퍽한 진흙탕 구덩이쯤은
거뜬히 빠져 나올 수 있는

내 마음이
단단한 바퀴였으면 좋겠다
뾰족한 돌부리쯤은
덤덤히 딛고 달릴 수 있는

내 마음이

사소한 세파에

통째로 덜컹거리지 않는

통 큰 바퀴였으면 좋겠다

꿈

더 이상 꿈을 꾸지 않을래요

사람은 꿈이 있어야 된다고
사람은 꿈을 먹고 산다고 했지요

꿈 한 모금이면
험한 고산도 넘을 수 있고
꿈 한 조각이면
거친 심해도 노 저을 수 있다고 했지요

그러나 이젠
더 이상 꿈을 꾸지 않을래요

저 산 너머
저 바다 건너
가끔 걸리는 무지개는

가지는 것이 아니라
바라보는 것임을 알았으니

이젠
더 이상 꿈을 꾸지 않을래요
땀내 젖은 내 꿈을 놓아 줄래요

위로 받을 사람

누군가를 위로하기 전
먼저 누군가로부터
위로를 받아야 했던 사람

누군가를 안아주기 전
먼저 누군가에게
오래 안겨 있어야 했던 사람

그 사람이 바로 나란 것을 알았다

무수한 가시들로
궂은 살 박힌 가슴에
며칠째 바람이 들어
통대나무 울음을 낸다

항상

누군가를 위로하고
안아 주기에 바빴던 나

오늘은 나도 나에게
위로해 줘야 할 것 같다
"많이 힘들었지?"
"수고 많았어. 참 잘했어."
꼭 안아 줘야겠다

첼리스트

자신의 몸통만한
첼로를 부둥켜안고
비장한 음률을
길어 내는 첼리스트

땀과 눈물을
머금고 자란
농익은 첼로를 안고
흥에 겨운 첼리스트

샌드백을 후려치는
권투선수 몸부림으로
격렬해지는 첼리스트

저렇게 젖어들기까지
저렇게 춤을 추기까지

그는 얼마나 외로웠을까
그는 또 얼마나 울었을까

여행

인생이란
바람이란 열차를 타고
떠나는 여행

창밖으로
일상의 풍경이
쉼 없이 흘러가고

나란히 앉아
담소를 나누던 사람들이
각자의 종착역에서
하나 둘 씩 내리고

머지않아
나 또한
나의 종착역에 다다르면

바람이 머문 흔적만
남기고 떠나야 하는 것

인생이란
한 줄기 바람의 달음질

단풍처럼

의사는 할머니가
한 달을 못 넘기실 것이라고 말했다
그날 할머니의 상태로 봐서는
일주일도 못 넘기실 것 같았다

그런데 다음날 갑자기
할머니의 병세가 호전되었다
평소 즐기시던 호박죽을 드시고
간간이 앉으셔서 창밖을 바라보시고
남은 온기로 자식들의 손을 잡으셨다

할아버지가 일찍 돌아가신 이후
말 수가 적어지셨다는 할머니
칠남매 키우느라
평생 일감을 손에 달고 살았던 할머니

그 할머니가 병상에서 다시 피었다
돌아가시기 바로 전 날
단풍처럼 잠깐

이 세상에서

이 세상에서
가장 지혜로운 사람은
성급한 조언을 아끼며
남의 말에 진지하게
귀 기울이는 사람이지요

이 세상에서
가장 용감한 사람은
자신에게 주어진 기회에
얕은 계산을 내려놓고
성실히 도전하는 사람이지요

이 세상에서
가장 아름다운 사람은
자신의 안일함을 포기하고
고통으로 신음하는 타인에게
손 내밀어 주는 사람이지요

노시인

바람이 흐르는 길을 볼 수 있어야 한다고
나무에게 왜 철따라 푸르고 붉어야 하는지 물어 보라고
노을 펴서 잠자리에 드는 산허리를 쓰다듬어 주라고
수백 번 홀로 피었다 지는 외로운 산길의 무명초에게
이름을 물어 보라고
이른 아침부터 달려와 수다를 떠는 새들과
동알동알 얘기를 나누어 보라고
눈을 감는 하루살이의 유언을 들어 보라고
모태의 양수처럼 세상을 빚어내는 흙의 숨소리에
귀 기울여 보라고
소리 없이 땅을 일구는 눈도 코도 없는 지렁이에게도
다가가 다정스런 벗이 되어 보라고

이런 시인이 되라고
어머니가 말씀하셨다

우리 모두 시인이 되자

감탄사가 연발되는 감격을
나눌 이 없는 자들이여
하얀 백지에 느낌표 가득한 시를 쓰자

바람이 일면 아려 오는 상혼
호호 불어줄 벗 하나 없는 자들이여
촛농 같은 눈물로 얼룩덜룩한 시를 쓰자

삶의 길목에서 만나는 미학을
떨림으로 나눌 말 벗 하나 없는 자들이여
철학보다 심오한 시를 쓰자

외로운 자들이여
우리 모두 시를 쓰자

가슴 깊고

입 무거운 시를 벗 삼아
우리 모두 행복한 시인이 되자

2
부

클로즈업

신이 내려 준
가장 아름다운 선물

그 사랑이 찾아오면

수많은 사람들 속
당신만 클로즈 업

무수한 세상사 중
우리의 사랑만 클로즈업

이런 사랑

주머니를 다 내어 주어도
아깝지 않는 사랑

온 세상이 돌아서도
결코 등을 보이지 않는 사랑

목숨을 걸어도
두려울 것 없는 사랑

인생에 한 번쯤 찾아올까
꿈꿔 본 사랑

이런 사랑을 들고
당신이 달려오네요

오래 기다리게 해서 미안하다며
꽃보다 진한 숨을 몰아쉬며

조건 없는 사랑

당신이 가진 것이
송두리째 날아가는 날

당신이 쌓은 명예가
바닥으로 추락하는 날

당신이 모운 성공이
실패로 돌아서는 날

이런 날
당신이 나를 찾아 왔으면 좋겠어요

이런 날
내 곁 와 쓰러지는
당신을 안아 줄 수 있으면 좋겠어요

조건 없는 사랑으로

당신과 나

다시

하나가 되었으면 좋겠어요

입맞춤

새벽일을 나서던
남편이 살며시
내 발에 입을 맞춘다

잠든 척
요동 없이 있었다
남편이 방문을 닫고
나갈 때까지

움직이면
고인 눈물이
후르륵 떨어질까 봐
꼿꼿이 누워있었다

어젯밤도
노역을 마치고 돌아와

저녁밥도 귀찮다며
곧장 잠들어 버렸던 남편

남편은 매일 밤
아내가 뭘 하고 있는지
아내가 뭘 생각 하는지
무심하다는 나의 투정을
베고 잠들었다

그의 곤한 하루에
무덤덤했던 내가
미안해지는 새벽

남편의 뜨거운 입김은
내 발을 타고 올라
가슴으로

눈시울로
붉은 먼동이 되어 피어났다

어여쁜 사람

노래하는 새는
자신의 목소리가
얼마나 고운지 모릅니다

발그름한 꽃은
자신의 향내가
얼마나 그윽한지 모릅니다

금빛 햇살은
자신의 품이
얼마나 따뜻한지 모릅니다

어여쁜 당신이
자신이 얼마나
사랑스러운 사람인 줄을
모르는 것처럼

첫사랑

찾으려 해도
찾지 못해
그리움의 나무에 걸어 둔
당신의 안부

오늘
홀연히 찾아 온
당신의 소식에

길을 걷다가
문득
첫눈을 맞은 소녀처럼
나는 함박꽃으로
피어나고 말았습니다

나의 사랑

눈을 뜨면
보이지 않아도
눈을 감으면
보이는 당신

소리쳐 부르면
대답이 없어도
조용히 귀 기울이면
속삭이는 당신

내 안에
내가 되어 버린
또 하나의 나

누구를 만난다는 것이

누구를 만난다는 것이
누구를 알아간다는 것이
얼마나 힘든 일인지
세상을 살아가면서 알게 되었습니다

사랑한 만큼
눈물을 흘려야 할 수도 있고
사랑한 만큼
상처를 받을 수도 있기에

누구에게 다가가는 것이
설렘보다는 두려움으로
누구와 가까워지는 것이
기쁨보다는 부담감으로
찾아 올 때도 있습니다

그래서 나이가 들수록
아픔과 배신을 감수하고라도
사랑을 꽃 피워 보겠노라고
고집 피우던 젊은 날의 순정이
그리워지나 봅니다

한때 그런 사랑이 있었지

한때 그런 사랑이 있었지
꽃보다 눈부신 당신 앞에서
먼저 만개하고 말았던 사랑

꽃향기처럼 감출 길 없어
당신을 향한 나의 마음을
화들짝 들켜버렸던 사랑

순수한 목마름으로
당신의 눈길 한번으로
종일 배부를 수 있었던 사랑

한때 그런 사랑이 있었지

그토록 절실한 순정도
한 줄기 스치는 실바람에

그리 쉽게 떨어져 버릴 수 있음을
가르쳐 주었던
아침 이슬꽃 같은 그런 사랑이!

결혼할 때

내가 결혼할 때
신랑 될 사람이
돈을 얼마나 가졌는지
계산하지 않았는데

딸이 나이가 들어
결혼할 때
신랑 될 사람이
돈을 얼마나 가졌는지 보지 말고
진실함과 성실함만 보라고
말할 수 있을까?

결혼하고
세상을 삼십년 쯤
더 살아 본 지금?

사랑의 자물쇠

흐르는 강물 위에서
세월이 흘러도 변하지 않을
사랑을 맹세합니다

서로의 이름
곱게 새긴 자물쇠를
걸어 잠급니다

아무도 열 수 없게
심지어는 자신들조차도
여는 일이 없게
강물 깊숙이
열쇠를 던져 버립니다

연인은 뜨거운 포옹을 하며
사랑의 자리를 떠납니다

열쇠로 열지 않아도
쉽게 열려버릴 것 같은
사랑의 자물쇠가
털컹털컹
강바람에 요란합니다

내가 떠나 간 자리에

내가 떠나 간 자리에
꽃이 피어나기를

사랑한 만큼
이별이 아파
몸부림치던 곳에
꽃이 피어나기를

당신을 향한
용서의 꽃 한 송이
아련히
피어나 있기를

어떻게 너를 잊어?

어떻게 너를 잊어?
어미 소와 생이별하는
서글픈 송아지 눈망울로
숨죽여 흔들리던
너의 눈망울
내가 어떻게 너를 잊어?

짧았기에
더 간절했고 아쉬웠던
추억의 타래가
아직도 내 마음의 창틀에 걸려
이리도 너풀거리는데

함께 노래하던
우리의 소원이
내일이란 날짜가

지워져 버린 달력에 남아
별자리처럼 떠도는데
어떻게 너를 잊어?

그래
난 너를 잊지 못할 거야
그래도
너는 나를 잊어
까맣게 잊어

어느 날
네가 우리의 이별이
어쩌면 축복이었다고
가끔은 내가 그립다고 말할 때 쯤
나도 그때 쯤
너를 잊을게

그대 있을 동안

나 그대 있을 동안 나비가 되리라
그대 품에 안기어 두 눈 꼭 감고
그대를 따라 훨훨 날아 보리라
이별의 아픔도 잠시 떨어버리고 춤을 추리라
우리의 애잔한 사랑을 하늘 가득히 그려보리라

나 그대 있을 동안 새가 되리라
그대 창가에 앉아 아침부터 저녁까지
고운 곡조로 우리의 사랑을 노래하리라
우리의 만남이 얼마나 숙명적이었는지
얼마나 축복이었는지 헤아려 보리라

나 그대 있을 동안 나무가 되리라
넓은 이파리 팔 벌여 당신을 보듬으며
내 나무 그림자 위에 당신을 눕히리라
여려지는 당신의 심장을 도닥거리며

당신을 위한 내 마지막 자장가를 부르리라
내 푸른 가슴 위에 당신을 묻으리라

그리움

나무는
나무 그늘에 쉬어간 사람을

강은
강물에 발을 적시고 간 사람을

나는
내 마음에 머물다 간 당신을
잊지 못합니다

당신을 떠날 때는

당신을 떠날 때는
어쩌면 이렇게
아쉬움 속에서
떠나고 싶었는지도 모르겠습니다

꽃잎처럼
미소를 머금고
고아히 당신의 발아래
엎드려지고 싶었는지도 모르겠습니다

단풍처럼
맑은 인사를 남기고
살아 온 그 어느 날보다도
애절한 그리움이 되어
떠나고 싶었는지도 모르겠습니다

그리하여
우리 사랑의 무덤 앞에
결코 시들지 못할
결코 죽지 못할
영원의 꽃을 심어놓고

꽃이 피고
단풍이 피는
가슴이 환히 달아오르는 날에는
반드시 재회하는 우리의 사랑이 되기를
바랐는지도 모르겠습니다

까치집

잿빛 나무 한 귀퉁이에
얼기설기 삭정이 엮어
조촐한 신혼 단칸방 장만한
암수 까치 한 쌍

지나가는 달빛에게
짚방석을 내밀며
엄동설한 키워 온
사랑담 좀 들어보라네

눈발 희끗한
날개 털어주며
얼음장 입부리
호호 불어주며 꾸려온
사랑담 좀 들어보라네

눈꽃

눈꽃이
눈물처럼 떨어지던 날
당신은
한 잎 눈꽃이 되어
홀연히 하늘로 떠나갔지요

시린 세월 속에서
눈꽃은
몇 번이나
피었다 졌건만
우리의 아릿한 사랑은
다시 피어나지 못 하네요

오늘 밤도
당신이 떠난 그 날처럼
눈꽃은 당신의 눈물이 되어

지상으로 흐르고 있네요

무너진 가슴 위로
눈꽃을 맞으며
폭설을 만난 가난한 초가처럼
폭삭 주저앉아 통곡하고 싶어요

보고 싶다고
아직도 사랑한다고
하얀 그리움의 목젖을 늘어뜨리며
지천을 흔들며 고백하고 싶어요

3
부

썰물이 나간 사이

썰물이 나간
희끔한 모래사장

그 위를
분주히 뛰어다니며
발 도장을 찍고
조개성도 쌓으며
추상화도 그린다

밀물이
차오르기 전까지

하늘이
나를 부르기 전까지

밤바다

아무도 몰래 울고 싶어
밤바다로 갔습니다

검푸른 바위섬에
몽글 바위처럼 앉았습니다

파도처럼 어깨를 들썩거리며
파도처럼 가슴을 풀어헤치고

밤 기러기들을 깨우고
별들을 눈물 짖게 하며

내 슬픈 사랑을 들려주었습니다

출렁거리는 그리움 너머로
또 다른 붉은 아침이 차오르기까지

바다는 수백 마디 조언을 아끼며
소금기에 젖은 내 울음을
나보다 더 크게 울며 받아 주었습니다

바다로 가고 싶다

바다로 가고 싶다
우리의 생채기를 쓸어안고
쉴 새 없이 울어 줄
파도의 위로를 듣고 싶다

우리가 남겨 놓은
비틀거리는 발자국을 지우며
지난날은 잊어버리라고
거듭거듭 부탁하는
하얀 밀물의 조언을 되새기고 싶다

사시사철 푸른
물결 숲을 향해
다시 한 번
'야호'라고 외쳐보고 싶다

메아리가 끊어진
빈 소라통 가슴을 들고
당신과 함께
바다로 가고 싶다

시냇물

수만 개의
비늘을 파닥이며
숨 가쁘게
헤엄쳐 달린다

까르르 터지는
아이의 웃음인 듯
폐허 속에서 아우성치는
난민의 통곡인 듯
온갖 사연이 쏟아진다

보드라운 물풀은
사르르 쓰다듬으며
거친 돌부리는
빙그르르 감싸고돈다

시작도 알 수 없고
끝도 알 수 없는 길을
시냇물은
천년을 하루처럼 흐르고 있다

나무 한그루

나는 당신의 하늘 아래
나직한 나무 한그루입니다

새처럼
흐르지 못하고
늘 그 자리에서

철철이
당신의 은혜를 구하며
이렇게 서있습니다

당신의 은혜로만
필 수 있는 나무이기에
오늘도
하늘 향해
가녀린 목을 듭니다

당신이 내리는 단비에
수액이 돌고
당신이 내리는 햇살로
살이 오를 수 있는
아주 작은 나무 한 그루입니다

숲의 노래

스르르 스르르
부르는
숲의 자장가에
그대, 귀 기울여 보세요

거친 들녘에서
칭얼거리며 달려온
들바람을
고요히 안고
잠재우는 숲의 노래를

토로록 토로록
흐르는
숲의 콧노래에
그대, 귀 기울여 보세요

밤새 키운

청포빛 이슬로

푸른 잎새

한 장 한 장 매만지며

이제 아침이라고

깨끗한 새날이라고

속삭이는 숲의 노래를

아기나무에게

작년에 심은 아기나무가
일 년 사이 훌쩍 자란 모습으로
봄 정원에서 생글거립니다

진한 보신제 쭉 빨아 마시고
어떤 풍파에도 끄떡없이
믿음을 지키는 뿌리를 박으라고

진갈색 거름 한 삽 떠서
발목까지 덮어 주고
꼭꼭 밟아 줍니다

머리에서 발끝까지
사랑의 단비에 젖어
기쁨 머금은 꽃을 피우라고

모처럼 시원스런
호스의 목줄을 열어
화르르 물보라를 뿌려 줍니다

하늘 향한 열망으로
찬란히 빛나는
소망의 열매 소담스레 맺으라고

걸어 둔 문빗장을 열어
연한 잎새 위로
금싸라기 햇살을 비추어 줍니다

텃밭

드넓은 세상
한쪽 귀퉁이에
당신 앞으로 남겨진
거친 텃밭 하나

세찬 바람 막느라
허리가 굽고
자갈밭 돌부리에
손발이 트도록
한평생 바쳐 일군
당신의 작은 텃밭

그곳에서
모진 세월이 어귀를 돌아
소담한 꽃을 피웠습니다

당신의 눈물이
웃음으로 빚어지고
당신의 고난이
감사로 엮어져
푸른 들을 만들었습니다

이제야 우리는
항상 혼자였지만
혼자가 아니었던
당신을 보았습니다

당신의 텃밭에
뿌려졌던 자녀들이란
고운 씨앗과
하나님의 은혜라는
눈부신 햇살을 보았습니다

당신이 떠난 오늘
텃밭에는
당신의 겸손한 기도문처럼
하늘의 소망이 찬란합니다

별자리

앞자리보다는
뒷자리에 익숙하고
또랑또랑한 자기주장보다는
타인의 사설을 들어 주던 그녀

그녀가 오늘
여성모임에서 북카페 담당자로
몇 달째 조사하고 수집한
책들을 들고
회원들 앞에 나타나
추천 도서를 한 권씩
소개하기 시작했다

그녀의 웃음이 저리 화사한지
목소리가 저리 청량한지
발표력이 저리 뛰어난지……

이제껏 한 번도 보지 못한
그녀의 앞모습을 보았다

빼곡히 쌓인 책들 속에서
그녀는 빛나고 있었다
북극성처럼
그녀의 별자리에서

보름달

새까만 솜이불 속에
쏘옥 박힌 보름달이
어두운 지상으로
해말간 미소를 비추고 있다

멀리서도
쉬지 않고
열렬하게 비추는
태양의 사랑을 머금고

자애로운 여인이 되어
분에 겹도록 받은 사랑을
지상으로 흘러 보내며
칠흑 속에서도
대낮처럼 함소하고 있다

고독

많은 사람들과 함께 있어도 외로운 것은
꽃들 만발한 꽃밭에 앉아 있어도
결코 꽃이 되지 못하기 때문이지요

들꽃

이름도 묻지 못하고
인사도 나누지 못하고
서둘러 떠나는 길섶으로
수천의 들꽃이
보랏빛 파도를 일으킵니다

황홀한 아쉬움으로
뒤돌아보는 나에게
들꽃이
잊어도 된다고
잊어야 한다고
손을 흔듭니다

눈을 감아도
들꽃이 지천인데
보랏빛 꽃물로

가슴이 흥건한데

들꽃은

자꾸 잊으라고만 합니다

달맞이 꽃

나는 언제쯤
당신의 언덕에
달맞이꽃으로 피어나
당신의 밤을 지켜줄 수 있을까요

꽃잎마다
그리움의 등을 밝혀
당신의 밤길 모퉁이마다
노랑 꽃등 달아 줄 수 있을까요

밤송이

장대로 후려쳐서라도
너를 내리우고

고슴도치의 가시보다
거친 너의 뿔을
무정한 밑창으로
밟아 문지르고

투박스런 장갑으로
뒤집고 파서라도

사자의 눈알 같이
깊이 박힌
너의 한 톨 진심을
꺼내고야 말겠다

단풍

꽃도 아닌 것이
열매도 아닌 것이
곧 떨어져 죽어야 하는 것이

어찌 저리 환히 웃는고
어찌 저리 밝히 말하는고

마지막까지 사랑할 수 있다고
끝까지 아름다울 수 있다고

꽃도 아닌 것이
열매도 아닌 것이
곧 흙빛 먼지로 사라져야 하는 것이

겨울나무

백년이고 천년이고
푸르게 출렁일 것 같던
잎들이 져버린 자리

밤이고 낮이고
정겹게 달려와 노래하던
새들이 떠나간 자리

그곳에 눈이 내립니다
그리움도 외로움도 움 트지 못하게
함박눈이 차곡이 쌓입니다.

앙상한 겨울나무에게
따뜻한 계절이 올 때까지
한 숨 푹 자고 일어나라고
하얀 목화 솜이불을
살포시 펼칩니다

고드름

낡은 처마 밑으로
키워 온 눈물

살며시 물어 보는
한줄기 햇살의 안부에

삼켜 온 눈물
뚝뚝
떨어뜨려 버리는 고드름

겨울 시

눈 내리는 저녁
딸은 아빠가 찍어 놓은
환한 발자국을 따라
쫄랑쫄랑 집을 나섰다

동네 언덕에서
아빠와 함께
신나게 썰매를 타고
빠알간 홍시 볼을 부비며
돌아 온 딸이 말했다

"하얀 들판,
가로등으로 쏟아지는 눈이
얼마나 예쁜지……
아빠랑 같이 엄마 생각을 했어요.
엄마가 이걸 봤으면

아름다운 시를 썼을 거라고……."

눈 내리는 저녁
아빠와 딸이
가로등 밑에서 엄마 대신
고운 겨울시를 썼던 것이다

어느 먼 훗날
오늘처럼 눈이 내리면
아빠와 딸이
그리운 추억으로
다시 낭송하게 될
겨울 시를

눈 내리는 소리

억수 같이 퍼부어도
들리지 않네

펑펑 튀밥을 튀겨도
들리지 않네

현란한 날개 춤을 쳐도
들리지 않네

천 리 길을 뛰어 착지할 때도
들리지 않네

내 가슴에 닿을 때면
이렇게 잘 들리는 소리가
눈 내리는 소리가

4
부

당신과 단둘이

하늘빛 바람이 찰랑거리는
어느 아침
텅 빈 교회당을 찾아와
당신과 단둘이 마주하고 싶었어요

스텐글라스 창 너머로
자비로운 햇살이 쏟아지고

긴 의자 끝자락에서
한참동안
간절한 눈빛으로
당신을 바라보고 싶었어요

나의 나지막한
참회의 흐느낌만
교회당에 가득하여

당신과 나만이 충만할 때

당신은
저만치 걸린
십자가에서 내려와
나를 감싸고

나는
당신 품에 안겨
하염없이 하염없이
울어보고 싶었어요

이사

옆집 선교사님이 이사를 간다
이삿짐 싸는 것을 도와 주려하니
쌀 것이 없다고 한다

그러고 보니
몇 년 전 이사 올 때도
여행용 가방 몇 개만 들고 왔다

몇 년 사이
쑤욱 커 버린
아들 녀석 키 말고는
늘어난 게 없다며
단출한 짐을 챙겨
이사를 간다

부름이 있는 곳으로

가볍고 자유롭게
가방 몇 개만 달랑 들고

기도실에서

오랫동안 앓아 온 지병이예요
아무에게도 보여 줄 수 없어
혼자 앓고 있는 병이예요

더 이상 참을 수 없어
당신을 찾아와
수술대 위에 누웠어요

당신의 예리한 메스로
부어오르는 내 배를 열어
오장육부를 찬찬히 살펴 주세요

장기 곳곳에 묻어 있는
욕심이란 기름덩이가 보일 거예요
편견과 아집으로 뱅뱅 꼬인 창자도
풀어야 할 거예요

혈관을 여기저기 막고 있는
교만이라는 위험한 사혈도
제거해야 할 거예요

자꾸 재발하는데
이번에는 완치가 가능할까요?

양

나에게 작은 방울 하나 달아 주세요
내가 걸을 때마다
내가 뛸 때마다
딸랑딸랑 노래가 되어
당신의 귓전에 메아리칠 수 있도록

나에게 가는 줄 하나 메어 주세요
내가 먼 산을 보다가도
내가 곁눈질 하다가도
살짝 당겨만 주시면
다시 당신의 품에 돌아와 안길 수 있도록

당신이 메어주신
방울과 줄을 달고
속박이 아닌
진정 자유로운 영혼이 되어

푸른 초장 훨훨 달리는
천진스런 어린 양이 되게 해 주세요

앉은뱅이 꽃

절대 결핍의 눈망울로
당신의 자비만을 갈망하는 꽃

당신의 발 아래
땅거미처럼 엎드린 꽃

당신의 밥상에서 떨어지는
부스러기 한 톨이라도 받겠노라고
허기진 영혼의 꽃

평생
당신의 부축 없이는
일어 설수 없는
앉은뱅이 꽃

재기

희망 한 점 남기지 않고
새까맣게 타버린 내 가슴에
위로의 목걸이 하나 걸어 주세요

자갈밭 돌부리에
몸져누운 내 머리맡에
믿음의 지팡이 하나 놓아 주세요

절망 속에 허우적거리는
내 지친 날개 위로
소망의 동아줄 하나 내려주세요

눈사람

하나님
나를 토실토실한
눈사람으로 만들어 주실래요

당신이 원하는 곳으로
데굴데굴 굴려 주세요
나는 눈 꼭 감고 있을게요

머리에는 털모자
양 손에는 장갑
눈 코 입에는 조각 나뭇가지
당신이 원하는 모양으로 붙여보세요
오늘은 입 딱 다물고 있을게요

하나님
한번쯤 나도

당신에게 웃음을 줄 수 있는
착한 눈사람이 되게 해 주세요

당신의 추운 겨울 마당에
며칠만이라도 서 있게 해 주세요

성탄의 별

세상이 잠들어야
오롯이 일어나는 별

암흑 속에서
더 초롱초롱해지는 별

땅을 보지 말고
하늘만 보라고 당부하는 별

어둡고 외로운
수천리 수만리 인생길

예수님 계신 곳으로
자꾸 손짓하는 별

욕정의 여인

몰려오는 폭풍처럼
저주와 판단의 돌을 들고
달려드는 사람들

그 사이로 당신은 오셨습니다

냉혹한 돌팔매에
부서지고 쓰러져
부끄러운 몸뚱어리 비비대며
통곡하는 흙먼지 바닥

그곳에서 당신은 나를 찾으셨습니다

세상을 삼킬 분노도
치켜든 비난의 손짓도
당신 앞에서
다소곳이 숨죽일 때

그때 당신은 나에게 말씀하셨습니다

처참히 오열하는 나를 향해
당신은 엄한 훈계 대신
짤막한 사랑의 부탁을 남겼습니다
"다시는 그러지 말아라"
고개조차 들 수 없어
눈물 고인 가슴으로 받았습니다

당신의 당부를 떠올리며
이 욕정의 여인은
오늘도 까칠한 흙먼지 길을
위태하게 걸어가고 있습니다
"다시는 그렇게 살지 않을게요"라고
수없이 반복하면서

영웅 만들기

보이지 않는 당신을
믿고 살아야 하는 사람들은
볼 수 없는 당신 대신
보이는 영웅을 만듭니다

허수아비보다
공허한 영웅에게
그가 받아야 할
경배의 이유들을 나열합니다

당신의 전유물인
숭고함과 전능함의 권위까지
그에게 바칩니다

그는 어느새
겹겹이 걸쳐진 화려한 치장으로

눈부신 영웅이 되어 버립니다

사람들은 들리지 않는
당신의 음성보다
가까이에서 들려주는
그의 말에 귀 기울이는 것에
익숙해져 갑니다

사람들은 이해할 수 없는
당신의 뜻보다
쉽고 논리적인
그의 설득을 따르는 것을
당연시 합니다

사람들의 환호가 요란할 때도
영웅은 간간히 들려오는

자신만이 들을 수 있는
양심의 탄식에 휘청거립니다

그러나 곧
영웅은 다시 일어섭니다
사람들의 박수소리와 함께

당신보다 영웅을 원하는 세상
흔들리는 바벨탑 꼭대기에서

반사경

수억만 리
햇빛을 받은
달은
칠흑 세상을
대낮같이 비추는데

우주보다 큰
당신의 사랑 받은
나는
이 세상에
무슨 빛 비추고 있나?

거짓말

미안해요
쉽게 당신을 사랑한다고
고백한 것

당신을 위해서라면
이 한 몸 바치겠다고
장담한 것

당신과 함께라면
어디든지 가겠다고
맹세한 것

나는 당신의 것이라고
당신 맘대로 써달라고
부탁한 것

작은 돌부리에
쓰러져서야
경각의 풍파에
무너져서야
당신에게 미안해지네요

당신이 내 인생의 전부라고
당신 하나로 충분하다고 했던
나의 새빨간 거짓말이

망아지

당신은
당근과 채찍을
번갈아 손에 들고
나를 훈련시키시네요

소망이란 당근과
고난이란 채찍을
번갈아 내밀며
당신이 원하시는
길로 가게 하시네요

돌아보니
당신께 받은 당근도
많았을 텐데
채찍으로 후려 맞은
기억이 더 많아

이 못난 망아지는
남겨진 먼 길 바라보며
고개를 쩔레쩔레
흔들고 있네요

단 하나의 길

이 길이
당신에게로
닿는 길이기를

이 길 끝에
당신의 넓게 편 팔이
기다리고 있기를

이 길이
당신에게로 향하는
단 하나의 길이기를

내 사랑은

참 이상하지
내 사랑은

나의 전부인 그분을
진실한 사랑을 찾는 이들에게
소개하고 싶네

그들의 사랑이 깊어질수록
질투가 아닌
기쁨으로 함께 감동하네

그들의 사랑이 절실해질수록
불안이 아닌
감사로 함께 즐거워하네

참 이상하지
내 사랑은

그 분은 분명
나의 하나뿐인 연인이고
나의 하나뿐인 소망인데

내가 만난 그분을
내가 받은 이 사랑을
많은 이들과 나누고 싶네

나눌수록 커지는
비밀스런 사랑

참 이상하지
내 사랑은

믿음아

믿음아
나를 안아 줄래?
가로막힌 태산 앞에서
하염없이 울고 있는
나를 안아 줄래?

믿음아
나를 업어 줄래?
나를 업고
저 태산
훌쩍 넘어 줄래?

돈

"목사님도 돈이 필요해요?"
어떤 사람이 목사님에게 물었다
"그럼요 돈이 필요하지요."
"목사님이 왜 돈이 필요하지요?"
"만나는 사람들, 밥 사 주고 싶어서요."
가난한 목사님이 대답했다

그림일기

초등학교 시절
나는 미뤄둔
그림일기 방학 숙제를
항상 개학 전날 당일치기로 했다
방안 가득히 일기장을 펼쳐두고
소란을 떠는 딸을 향해
엄마는 엄하게 일장 훈계를 하셨다
나는 울면서 꾸역꾸역 일기를 써야했다

그러나 잠시 후면
엄마는 회초리를 대신
크레용을 잡고
그림 일기장에 색칠을 하셨다
나에게 그림은 엄마가 색칠할 테니
일기만 빨리 쓰라고 하셨다

이제
엄마가 된 딸은
멀리 산다는 것을 핑계로
바쁠 때는
엄마에게 전화하지 않는다
편안 할 때도
연락하지 않는다

그러나
괴롭고 힘들 때나
큰일을 앞두고는
엄마를 찾는다
기도해 달라고 부탁한다

칠순을 넘긴 엄마는
딸이 흩어 놓은

밀린 그림일기 숙제를 하느라
며칠 째 밤잠을 설치며 기도하신다
얌체 같은 딸을 위해

모닥불

까만 지상
하늘의 별이 멀어
외로운 밤

당신은
달덩이보다 환한
모닥불 피워 놓고
추운 길손을 불렀습니다

장작불 속에 익힌
고구마의 허리처럼
뜨겁지만 부드러운 섬김으로
허기진 이웃을 맞았습니다

타들어 갈수록
타오르는

검댕이 장작이 되어
고단한 영혼들의
시린 손과 발을 녹였습니다

온 몸을 다 태워도
한 줌 재로 남아도
결코 아까울 것 없는
오직 한 사랑을 위해

당신은
보혈 같은
선홍빛 눈물을 뚝뚝 흘리며
하늘을 향해
찬연히 피어 올랐습니다

그런 사람

겉옷을 달라고 하면
속옷까지 챙겨 주던 사람

오리를 가자고 하면
십리를 나서던 사람

육신은 가난해도
영혼은 부유하여
많은 이웃을 배불리던 사람

그런 사람을 알고 있나요?

모두가 등을 돌려도
내 곁에서 묵묵히
돌팔매 같이 맞아 주던 사람

갚을 길 없는 은혜에
눈물짓게 하던 사람

각박한 세상살이에서
사랑의 기쁨을 가르쳐 준 사람

그런 사람을 나는 알고 있지요

혜성의 마음으로 쓴 시

이상규(시인, 경북대 교수)

　혜성 시인의 두 번째 시집이다. 해설을 부탁하면서
보내온 편집 원고를 우선 일별로 쭉 훑어 읽어내려 가다
가 갑자기 "시가 무엇이지?", "시를 왜 쓰고 읽고 있는
거지?", "시가 우리 삶에 어떤 교호 작용을 해 주는 거지?"
라는 근본 문제에 대한 의문이 머리를 스쳐 지나갔다.

　요사이 너무나 많은 시들이 어떤 목적에 노예가 된
우리에게 언어의 유희의 탈을 쓰고 엄습해 오고 있다.
시가 아니라 그러한 시를 만드는 사람들이 이념에 헌신
하며, 때로는 매우 공격적이고 날카로운 부리와 발톱을
그대로 드러낸 시들이 지배하는 시대인 것 같다. 시를
포함한 언어 예술은 결국 인간의 삶을 풍부하고 더욱
따사롭게 만들기 위한 수단인 동시에 불완전한 인간의

존재의 문제를 드러내는 작업이라고 할 수 있다. 그러한 시인들의 위대한 노력과 노고의 피와 땀방울로 세상을 촉촉하게 젖게 만드는 과정이 아닐까?

나는 혜성의 시에서 이덕무가 말한 영처(嬰妻)의 눈빛, 영처의 마음을 읽을 수가 있었다. 시가 때로는 엄청난 무기로, 혼돈의 선전 언어로 사용되기도 한다. 그러나 어디까지나 시의 본질은 바로 어린 여자아이의 눈으로 내다 본 세상, 대자연과 사람들, 그리고 이 우주의 섭리를 깨우쳐주시는 주님과 교호함으로써 불완전한 인간의 존재의 모습을 회복하는 일말의 노력 가운데 하나일 것이다.

시인 혜성은 미국에서 목회활동 중인 남편과 함께 미국에 거주하면서 신앙생활과 교회를 커뮤니티로 한 이웃들과 시를 맥락으로 끊임없이 대화를 나누고 있다. 때로는 묵언으로 때로는 속삭이는 소리로 때로는 절벽같이 앞을 가로막고 서 계시는 주님에게 참회의 눈물로 호소하고 설득하는 다정다감한 시어들 속에 보석처럼 번쩍이는 비유와 깜찍한 메타포들이 비눗방울처럼 푸른 하늘을 나르고 있다.

지극히 인간적인 대지에 한 쪽 발을 올려놓고 또 한

발은 절대 구원주인 주님의 옷자락에 올려놓은 매우 솔직한 자신의 모습을 드러내고 있어 멀리 있다는 생각이 들지 않는다.

바로 이웃, 시인 혜성의 목소리에서 너무나 인간적인 순수함을 엿볼 수 있다. 우리의 일상이 갈등과 충돌로 얼룩질 수 있지만 그는 이러한 갈등과 충돌에서는 이미 훨씬 벗어나 있다. 그러한 힘은 바로 하나님의 충만한 사랑에 기대고 있기 때문일 것이다. 그 충만한 사랑의 물길로 시인의 남편이나 딸을 비롯한 가족만이 아닌 이웃 사회적 커뮤니티를 구성하고 있는 이들과 무성한 나뭇가지를 이루고 있다.

다음으로는 그의 진솔한 인간의 모습을 용기 있게 드러내 주기도 하여 이 시를 읽는 독자들에게 의미 있는 용기와 희망의 메시지를 보내주고 있다. 그의 고백의 시는 지극히 인간적인 욕망, 세속적이지는 않지만 세상을 향한 갈망이 때로는 주님의 복음과 멀어져 있거나 엇길로 향할까 스스로 고백하며, 그러한 욕망과 갈망을 뛰어넘어 서려고 하고 있다. 당신 앞에서 꿇어앉은 뜨거운 눈물에 젖은 시어로 다시 정갈한 마음으로 귀환하는 아주 예쁜 어린 소녀의 모습을 보여주기도 한다. 그래서 시인 혜성은 아름다운 것이다. 그래서 혜성의 시는 설득의 힘을 가지고 있는 것이 아닐까?

혜성의 시는 한마디로 말하면 사랑으로 뭉쳐놓은 언어의 집이라고 할 수 있을 듯하다. 그의 시에서는 나와 이웃이 존재하지 나와 타인은 존재하지도 그의 곁에 거주하지도 않는다. 혜성을 중심으로 한 모든 사람들은 그의 사랑의 대상자이고 그가 노래하는 사랑의 거주자들이라고 할 수 있다.

이러한 표현은 그가 분별함이 없다는 말이 아니라 분별할 필요가 없는 모든 이웃과 함께 하고 있다는 말이다. 왜냐 하면 그들을 하나 된 이웃으로 지켜 주시는 주님이 계시기 때문이다. 그러하다고 해서 혜성의 시가 종교시처럼 일방적인 종교적 설득을 하는 대목은 눈여겨보아도 찾기 힘이 든다. 그만큼 신앙심과 신앙생활은 이미 일체화되어 있기 때문이다.

생의 환희

시인의 〈썰물이 나간 사이〉라는 작품을 보자. 이승의 삶은 썰물이 빠져나간 바닷가, 분주히 발도장을 찍으며 조개 성을 쌓는 꿈과 현실적 노력도 그리고 감성적인 상상화를 그릴 수 있는 환희에 찬 기쁨이 가득하다. 그것은 이미 밀물이 들어오는 시간 이전까지 하나님이 우리 인간들에게 허용해 준 시간이기도 한 유한한 시간임을 그는 너무도 잘 알고 있다.

썰물이 나간
희끔한 모래사장

그 위를
분주히 뛰어다니며
발 도장을 찍고
조개성도 쌓으며
추상화도 그린다

밀물이
차오르기 전까지

하늘이
나를 부르기 전까지

　　　　　　　　　　　　　―〈썰물이 나간 사이〉

하늘이 만든 썰물과 밀물이 교차되는 유한한 시간에 잠시 머물었다가 떠나가야 할 운명은 인간의 몫이다. 어느 누구도 예외가 없다. 그러나 그 유한성 속에 허용된 삶의 흔적들은 때로는 부질없는 발자국이 될 수도 있고 금방 무너져 버릴 조개성일 수도 있다. 그러나 시인은 그 유한성의 인간 삶 그 자체를 고스란히 환희로 받아들이고 있다. 그 이유는 〈클로즈 업〉이라는 시에서 보다 더 구체화 시켜 놓고 있다. "신이 내려준/가장 아름다운 선물", 그것이 바로 우리들의 유한한 이승의 삶인 것이다. 그리고 무수한 발자국 가운데 "우리의 사랑만 클로즈 업"된 기쁨과 사랑이 가득한 삶인 것이다.

시인의 작품 가운데 유독 돋보이는 완성도가 매우 높은 〈밤바다〉라는 작품은 환희에 찬 삶이 가끔은 밤바다처럼 적막하고 고독하게 외로운 모습이 실루엣처럼 드리워진다.

아무도 몰래 울고 싶어
밤바다로 갔습니다

검푸른 바위섬에

몽글 바위처럼 앉았습니다

파도처럼 어깨를 들썩거리며
파도처럼 가슴을 풀어헤치고

밤 기러기들을 깨우고
별들을 눈물 짖게 하며

내 슬픈 사랑을 들려주었습니다

출렁거리는 그리움 너머로
또 다른 붉은 아침이 차오르기까지

바다는 수백 마디 조언을 아끼며
소금기에 젖은 내 울음을
나보다 더 크게 울며 받아 주었습니다

—〈밤바다〉

허기에 찬 한 마리의 어린 양이 밤바다에 걸터앉아
눈물로 하소연하고 있다. 그것도 아무도 몰래 울고 싶은 마음으로 달려 간 곳은 '밤바다'이다. 우리가 사는 세상은 늘 환한 것 같지만 때론 칠흑처럼 어두운 골목들이 미로처럼 흩어져 있다. 잃은 길을 찾기 위해 달려간 바닷가는 곧 주님의 넓디넓은 가슴인지도 모른다.

한없이 너른 바닷가 몽글 바위만한 보잘 것 없는 나는 파도처럼 가슴을 풀어헤치고 파도보다 더 큰 몸짓으로 어깨 들썩거리며 울고 있다. 그 울음소리로 인해 "밤 기러기들을 깨우고/별들을 눈물 짓게 하며" 자신의 슬픈 사랑을 들려주었다. 평온에 깃든 기러기들을 깨우고 별들조차 눈물을 짓게 만든 슬픈 사랑이란 도대체 무엇일까? 또 다시 붉은 아침이 검은 바닷가를 밝히며 하늘로 솟아오를 때까지 고백한 슬픈 사랑은 바로 주님을 향한 염원이 아니었을까? 다가가 이르지 못하는 주님이 거처하시는 피안의 세계가 동경하는 나의 소금기에 젖은 울음을 "나보다 더 크게 울며 받아 주었습니다". 이 얼마나 위대한 발상인가? 이 얼마나 인간 존재의 환희인가?

이렇게 아름다운 사랑을 꿈꾸며 노래하기 위해서는 얼마나 많은 배려와 헌신이 필요했을까? 내가 가진 사랑과 물질과 마음과 육체를 모두 헌신할 때 비로소 우리는 지고지순한 존재의 환희를 만끽할 수 있다. 그래서 시인은 〈이런 사랑〉을 실천하고 있는 것이다. "주머니를 다 내어 주어도/아깝지 않는 사랑//온 세상이 돌아서도/결코 등을 보이지 않는 사랑//목숨을 걸어도/두려울 것 없는 사랑//인생에 한 번쯤 찾아올까/꿈꿔 본 사랑//이런 사랑을 들고/당신이 달려오네요//오래 기다리게 해서 미안하다며/꽃보다 진한 숨을 몰아쉬며//" 내가 사랑을 받기 위해서 나의 사랑을 아낌없이 다 헌신하며 기다릴 때면 언젠가 "꽃보다 진한 숨을 몰아쉬며", "오래 기다리게 해서 미안하다며" 사랑이 나에게로 다가온다는 것을 알고 있다. 카리투스적(Caritus)인 사랑이야말로 우리들에게 가장 큰 환희와 기쁨을 가져다주는 전령임을 생의 체험으로 이미 체득한 모습이다. 그러니까 그는 늘 물질적으로는 비록 가난하거나 청빈하지만 마음은 너무나 부유하다. 성령에 충실한 선교사의 삶을 바라보며 한 시라도 인간적 욕망에 사로잡힐 수 없는 목회자의 아내로서 검소함과 소박한 꿈과 삶의 태도 이 모두가 하나님의 뜻임을 〈이사〉라는 작품에서 읽을 수 있다.

옆집 선교사님이 이사를 간다
이삿짐 싸는 것을 도와 주려하니

쌀 것이 없다고 한다

그러고 보니
몇 년 전 이사 올 때도
여행용 가방 몇 개만 들고 왔다

몇 년 사이
쑤욱 커 버린
아들 녀석 키 말고는
늘어난 게 없다며
단출한 짐을 챙겨
이사를 간다

부름이 있는 곳으로
가볍고 자유롭게
가방 몇 개만 달랑 들고

—〈이사〉

"아들 녀석 키 말고는/늘어난 게 없다"는 옆집 선교사
의 청빈한 모습을 한편으로는 아연하지만 한편으로는

162

주님의 부름이 있으며 가방 몇 개만 달랑 들고 가볍게 자유롭게 달려가는 선교사의 삶은 희망과 환희가 가득할 것이다. 그 아름다운 삶을 찬미하는, 찬미할 줄 아는 혜성 시인의 마음 또한 빈 가방처럼 단촐하고 가볍기 그지없다. 다 비우는 길, 다 버리는 길이 어이 쉬우랴? 그러나 그러한 삶이 진정 주님 곁으로 다가서는 길임을, 환희로 가는 길목임을.

〈나의 사랑〉이라는 작품에서 시인의 환희가 가득한 사랑의 모습을 만날 수 있다.

눈을 뜨면
보이지 않아도
눈을 감으면
보이는 당신

소리쳐 부르면
대답이 없어도
조용히 귀 기울이면
속삭이는 당신

내 안에

내가 되어 버린

또 하나의 나

　　　　　　　—〈나의 사랑〉

　시인이 사랑하는 이가 누굴까? "눈을 뜨면/보이지 않
아도/눈을 감으면/보이는 당신", 여기서 당신은 타자적
주체일 수도 있지만 절대적 타자인 "주님'일 것이다. 그
래서 소리쳐 불러도 대답이 없어도 조용히 귀 기울이면
속삭이는 당신 그는 내 안에 내가 되어 버린 또 하나의
나이자 하나님인 것이다. 물아일체(物我一體)의 모습처
럼 주님과 일체화된 나의 모습이다. 〈눈사람〉에서 이러
한 지향성은 거의 정점으로 치닫고 있다. "나를 토실토
실한/눈사람으로 만들어 주실래요//당신이 원하는 곳
으로/데굴데굴 굴려 주세요/나는 눈 꼭 감고 있을게요"
라고 물아일체의 모습으로 하나님과 나는 영원히 근접
할 수 있는 위치가 아닌 즉자적 존재이지만 시인은 "하
나님/한번쯤 나도/당신에게 웃음을 줄 수 있는/착한 눈
사람이 되게 해 주세요//당신의 추운 겨울 마당에/며칠
만이라도 서 있게 해 주세요"라고 하여 존재적 합일 곧

성령이 가득한 사랑을 하나님처럼 함께 하길 간절히 기원하고 있다.

타자적 거리

시인은 하나님과의 영원한 타자적 거리감을 이미 예감하고 스스로 깨닫고 있다. 한 인간으로서의 이율배반적 모순을 스스럼없이 분출함으로써 그 거리를 좁혀나가려는 노력을 하고 있다. 그래서 그는 가난한 이웃과 소통하고 만나기를 원한다. 그리고 그들과 함께 인간으로서의 갈망과 욕망의 고통스러움을 서로 나누어 보려고 시도하고 있다.

시골장터가 열리는 날
장터 한 귀퉁이에
조그만 좌판 하나를 펴야겠다

좌판 위로
내 가슴 보따리를 풀어
서러움과 아픔은 이천 원에
분노와 배신은 삼천 원에

헐값에 내놓아 보아야겠다

어떤 착한 사람이
모두 사준다면
절망이란 놈도
떨이로 팔아버려야겠다

—〈시골장터〉

　〈시골장터〉라는 작품에서 거리로 나선다. 가난하고
헐벗은 이웃과 소통할 수 있는 좌판을 만들어 "서러움과
아픔은 이천 원에/분노와 배신은 삼천 원에/헐값에 내
놓아 보아야겠다"며 심지어 절망이라는 놈도 팔아 치우
며 그들 곁에 다가서 앉아 있기를 원한다. 바로 그 이웃
시골장터에 사람들이 바로 하나님일 것이라는 추론이
가능하다. 한사람 한사람의 개인의 고통과 아픔을 거두
어 줄 수 있는 이는 바로 하나님밖에 없지 않는가?
　〈욕정의 여인〉에서 스스로의 모순을 감추지 않고 드
러냄으로써 치유의 방법과 길을 찾아 나서는 시인의 모
습을 쫓아보자.

몰려오는 폭풍처럼

저주와 판단의 돌을 들고

달려드는 사람들

그 사이로 당신은 오셨습니다

냉혹한 돌팔매에

부서지고 쓰러져

부끄러운 몸뚱어리 비비대며

통곡하는 흙먼지 바닥

그곳에서 당신은 나를 찾으셨습니다

세상을 삼킬 분노도

치켜든 비난의 손짓도

당신 앞에서

다소곳이 숨죽일 때

그때 당신은 나에게 말씀하셨습니다

처참히 오열하는 나를 향해
당신은 엄한 훈계 대신
짤막한 사랑의 부탁을 남겼습니다
"다시는 그러지 말아라"
고개조차 들 수 없어
눈물 고인 가슴으로 받았습니다

당신의 당부를 떠올리며
이 욕정의 여인은
오늘도 까칠한 흙먼지 길을
위태하게 걸어가고 있습니다
"다시는 그렇게 살지 않을게요"라고
수없이 반복하면서

―〈욕정의 여인〉

    시인은 거대한 인간 욕망의 흉흉한 바다를 이미 건너
왔다. 그러나 내면에서 싹이 틀 수 있는 인간적 욕망의
응어리를 풀어낼 수 있는 대상은 오직 하나님뿐이다.
그이는 이미 모든 내 마음을 다 읽고 계시고 불쌍한 나를
가슴 안으로 품어주신다. 이러한 참회의 시를 통해 시인

자신은 더욱 어린 여자 아이의 마음으로 눈빛으로 돌아가 있다.

시인의 마음을 비추는 반사경이 있다. 나와 반사경 속의 또 다른 나, 나가 아닌 타자적 타인 하나님이 나를 외형물로 조응해 주고 있다. 〈반사경〉에서 "수억만 리/ 햇빛을 받은//달은/칠흑 세상을/대낮같이 비추는데// 우주보다 큰/당신의 사랑 받은/나는/이 세상에/무슨 빛 비추고 있나?" 하나님의 성령을 반사경 밖에 거주하고 있는 나는 끊임없이 받고 있는데, 나는 도대체 이 세상을 위해 무엇 빛이 될 수 있나? 그래서 그는 '모닥불'이 되어 외로운 밤의 별의 친구가 되고 꾼 고구마를 나눠먹는 허기진 이웃과 만나며 모닥불처럼 타들어가는 육신이 되더라도, 온 몸을 태워 한 줌의 재가 되더라도 한 사랑을 위해 헌신하려는 언어를 뛰어넘은 결의를 보여주고 있다.

> 까만 지상
> 하늘의 별이 멀어
> 외로운 밤

당신은
달덩이보다 환한
모닥불 피워 놓고
추운 길손을 불렀습니다

장작불 속에 익힌
고구마의 허리처럼
뜨겁지만 부드러운 섬김으로
허기진 이웃을 맞았습니다

타들어 갈수록
타오르는
검댕이 장작이 되어
고단한 영혼들의
시린 손과 발을 녹였습니다

온 몸을 다 태워도
한 줌 재로 남아도
결코 아까울 것 없는
오직 한 사랑을 위해

당신은

보혈 같은

선홍빛 눈물을 뚝뚝 흘리며

하늘을 향해

찬연히 피어 올랐습니다

—〈모닥불〉

　〈모닥불〉은 지금 타오르고 있다. 그리고 또 내일도 타오를 것이다. 나약하고 불완전한 인간의 구원자인 하나님을 향한 헌신의 결의가 이처럼 굳은돌이 될 줄 누가 알았겠는가? 그래서 시인의 사랑은 그만큼 숭고하기 짝이 없다. 그러나 그 사랑은 〈눈 내리는 소리〉처럼 고요히 온 누리에 퍼져 나갈 것이라 그는 믿고 있다.

　그러나 그 사랑의 영원함을 누군가에게 들킬까, 겁이 나지만 속내는 차라리 들키고 싶은 것이다. 〈입맞춤〉에서 "그의 곤한 하루에/무덤덤했던 내가/미안해지는 새벽//남편의 뜨거운 입김은/내 발을 타고 올라/가슴으로" 뜨거운 사랑이 자랑스럽다. 〈절친〉에서는 "예약 없이/불쑥/만날 수 있는 친구//바쁘면/만나지 않아도 되는 친구"와 같은 사람의 바다 속에서 뒹굴며 사랑하고 살고 싶은 게다.

이런 음밀한 비밀들을 숨기고 싶지만 오히려 〈들켰으면〉하는 반사경의 마음을 솔직하게 보여주고 있다. 이 얼마나 숭고하고 고운 마음인가?

거리에 버려진 쓰레기를 주울 때
혹 건너편 찻집에서
수다를 떨던 누군가에게
나의 선행이 들켰으면

길을 잃어 당황하는 할머니를
집까지 모셔드릴 때
노모를 기다리던 가족에게
나의 친절함이 들켰으면

이른 아침
가난한 옆 집 현관에
따끈한 빵 꾸러미를 놓고 돌아설 때
새벽일을 나서던 이웃에게
나의 수고로운 사랑이 들켰으면

오른손이 하는 일이

왼손에게 들켰으면

—〈들켰으면〉

타자를 위한 사랑과 헌신이 바로 이러한 모습으로 얼굴을 드러내는 일은 진실하지 않으면 도저히 불가능한 일이다.

마지막으로 시인은 〈도로 표지판〉 앞에 잠시 정차해 있다. 앞으로 어느 길로 전진해 갈지? 길 가에 이웃들과 어떤 모습으로 함께 고행의 길을 기쁜 마음으로 나아갈지 더 지켜 볼 일이다. 지난 여름 남가주에 있는 교회에 들린 적이 있다. 한국 교포들의 예배시간에 먼 타국에서 그들의 사랑을 공유하는 미국시민의 커뮤니티를 지켜보며 같은 동포로서 참 감사하다는 마음을 가진 적이 있다.

미국의 한인 사회의 등불로서 시인은 목회자의 아내로서 이 〈도로 표지판〉과 같은 이정표가 되어야 할 것이다.

생각이 감사한 쪽으로 가면

고마운 얼굴들이 줄을 서고
생각이 불평스러운 쪽으로 가면
원망스러운 일들이 줄을 선다

생각이 기쁜 쪽으로 가면
자꾸 미소를 짓게 되고
생각이 슬픈 쪽으로 가면
서러운 신세에 한숨짓게 된다

마음은
생각이 가리키는 쪽으로 달린다

그러기에 우리는
마음의 길목마다
'좋은 생각'이란 도로 표지판을
촘촘히 걸어 두어야 한다

―〈도로 표지판〉

늘 감사하는 마음으로 '좋은 생각'이란 도로 표지판으
로 함께 당당하게 나갈 수 있도록, 길 잃은 자가 없도록

촘촘하게 기쁜 웃음을 거룩한 복음을 함께 나누는 전령의 전도자로 길을 헤쳐 나가기를 기도해 본다.

훌륭한 시인으로서 더욱 우뚝 성장하기를 기도하며 이 시집이 영문으로 번역이 되어 미국의 이웃에 성령의 시심이 함께 골고루 나눠지기를 감히 빌어본다.